Adolphe Rambeau

Ueber die als echt nachweisbaren Assonanzen der Chanson de Roland

Antigonos

Adolphe Rambeau

Ueber die als echt nachweisbaren Assonanzen der Chanson de Roland

Unveränderter Nachdruck der Originalausgabe von 1877.

1. Auflage 2024 | ISBN: 978-3-38641-290-2

Antigonos Verlag ist ein Imprint der Outlook Verlagsgesellschaft mbH.

Verlag: Outlook Verlag GmbH, Zeilweg 44, 60439 Frankfurt, Deutschland
Vertretungsberechtigt: E. Roepke, Zeilweg 44, 60439 Frankfurt, Deutschland
Druck: Libri Plureos GmbH, Friedensallee 273, 22763 Hamburg, Deutschland

Ueber die als echt nachweisbaren Assonanzen der Chanson de Roland.

Ein Beitrag zur Kenntniss des altfranzösischen Vocalismus.

Ueber die als echt nachweisbaren Assonanzen der Chanson de Roland.
Ein Beitrag zur Kenntniss des altfranzösischen Vocalismus.

Inaugural-Dissertation

zur

Erlangung der Doctorwürde

bei

Hochlöblicher Philosophischer Facultät zu Marburg,

eingereicht von

ADOLF RAMBEAU

aus Jessen.

MARBURG, a. L.
1877.

Die eigentliche Abhandlung, von der hier nur das Résumé mitgetheilt
ist, wird sich in den für den Buchhandel bestimmten Exemplaren,
Verlag der Lippert'schen Buchhandlung, Max Niemeyer, in Halle a. S,
befinden,

Herrn Professor

Dr. EDMUND STENGEL

in

dankbarer Verehrung.

Für das Wohlwollen, das mir Herr Professor Stengel
bei der Entstehung der vorliegenden Arbeit während
meines Aufenthaltes in Marburg im Sommer und Herbst
1876 bewiesen, und für die freundlichen Rathschläge,
die er mir auch in der Ferne hat zu Theil werden lassen,
spreche ich ihm hiermit meinen herzlichsten Dank aus.
Nur durch seine gütige Ueberlassung des handschriftlichen Materials, das er im Marburger Seminar gesam-
melt hatte, ist es mir überhaupt möglich geworden,
diese Arbeit zu verfassen.

Ich theile im folgenden nur die Einleitung und das
Résumé der Abhandlung mit. In den Citaten aus
Ven. IV sind die Abkürzungen der Deutlichkeit und
des Druckes wegen aufgelöst gegeben, in denen aus
dem Roman de Roncevaux sind die orthographischen
Varianten jeder einzelnen Hs. nicht berücksichtigt
worden.

Für die zwei nordischen Lispellaute gebrauchte ich
in den Citaten aus der Karlamagnús Saga des Druckes
wegen bezüglich die Bezeichnungen *dh.* und *th.*

A. Rambeau.

Troy, N. Y., 8. Oct. 1877.

EINLEITUNG.

§ 1. *Die Behandlung der Assonanzen in den bis jetzt erschienenen Ausgaben der Chanson de Roland und Einzelschriften über den Vocalismus derselben.*

Obgleich man schon seit längerer Zeit die Wichtigkeit der Assonanzen für Beurtheilung der ältesten französischen Sprache erkannt und speciell den Assonanzen des Rolandsliedes als des grössten Gedichtes der ersten altfranz. Literaturperiode in Ausgaben und Einzelschriften eine ganz besondere Aufmerksamkeit geschenkt hat, wird man doch zugeben müssen, dass die Frage nach den Assonanzen des Originals noch durchaus nicht gelöst ist. Wenn auch H. Löschhorn seine 1873 erschienene Dissertation „Zum normannischen Rolandsliede" betitelt, so wird man gewiss nicht behaupten können, dass alle Assonanzen, wie er sie im II. Theile aufstellt, dem von ihm mit „normannisch" bezeichneten Original entstammen, da ja seine Abhandlung über die Assonanzen zum grössten Theil auf dem längst als anglonormannisch erkannten Oxforder Text, wie er von Th. Müller 1863 veröffentlicht worden ist, beruht und er nur gelegentlich und principlos einige der andern Hss. zu seinen Conjecturen und Verbesserungsversuchen benutzt. Freilich war ihm das handschriftliche Material nur sehr unvollkommen bekannt, da es zum Theil noch ungedruckt ist.— In Mebes' Abhandlung „Die Nasalität im Altfranzösischen," Jahrbuch für rom. und engl. Sprache und Lit. XIV (1875) S. 385 ff., ist es mir unmöglich gewesen auch nur eine Spur von Benutzung der handschriftlichen Ueberlieferung zu entdecken: er führt falsche und richtige Assonanzen unterschiedslos aus dem Oxf. Text des Rol. als beweisend an, vgl. *a-*, *an-* Ass. in der Abhandlung.—Böhmer, „A, E, I im Oxforder Roland," Romanische Studien I, 599 ff. (1875), steht im wesentlichen noch auf demselben Standpunkte, als in seiner Ausgabe, über die nachher zu sprechen sein wird. S. 617 scheint er wirklich das Bestehen von verschiedenen aus dem Original geflossenen Redactionen anzuerkennen, wenn er *qui trenchent* v. 3601 aus P. und V⁴ gegen O (*qu'unt ceintes*) construirt (cf *en .. e*-Ass.), jedoch widerruft er seine

Aenderung bald darauf und sonst lässt er auch durchaus nicht eine derartige Combination von V⁴ und dem Rom. de Roncevaux gegenüber einer isolirten Lesart in O gelten: z. B. S. 615, *Espaigne* v. 1103 (Bö. Tir. 86 b) gegen *Aspre* (V⁴, V). Uebrigens ist es Böhmer, der zuerst die Scheidung von e = lat. i in Pos. und e = lat. e in Pos. constatirt hat. — Scholle, „Die a-, ai-, an-, en- Assonanzen in der Chanson de Roland," Jahrb. XV (1876) S. 64 ff., führt sehr oft die handschriftliche Ueberlieferung an, von der er aber eine ganz falsche Anschauung hat. V⁴ ist für ihn eine sichere Stütze für eine Lesart in O, z. B. *rereguarde* v. 838, S. 75. Aus seiner ganzen Adhandlung ist es mir nicht klar geworden, ob sich dieselbe auf die Assonanzen des Oxf. Textes oder eines von ihm erstrebten Originals bezieht. Vgl. darüber und über sein Rechenverfahren die betreffenden Ass. in der Abhandlung. Ebendasselbe gilt von Scholle's 1877 erschienener Schrift „Die Baligantepisode, ein Einschub in das Oxforder Rolandslied," Zeitschrift für rom. Phil. I, 26 ff. Die Baligantepisode einen Einschub in das Oxf. Rol. zu nennen, ist selbst nach Scholle's eigner Auffassung der Ueberlieferung verkehrt. Denn er führt V⁴ bei den Wendungen, V⁴, V, P bei den Assonanzen als Stützen von Lesarten in O an, muss also glauben, das weder V⁴ noch V, P aus O geflossen sind, vielmehr auf einem Original beruhen, in dem die Baligantepisode gestanden hat und das doch nicht dasselbe als O (das Oxforder Rol.) sein kann.*

Auch in den bisher erschienenen Ausgaben des Rol. ist das handschriftliche Material nur principlos zur Herstellung der ursprünglichen Assonanzen verwerthet worden. Dass der Oxf. Text, der

---

* Die Baligantepisode steht in allen Redactionen (cf. § 2.) ausser n, das v. 2570—2844, v. 2974—3689 auslässt: sie ist erhalten in α (O, V⁴), in β (ausser L, das v. 2570 aufhört), in d, theilweise in h (h L, — v. 2607). Dies beweisst, dass die Baligantepisode in dem ursprünglichen Gedicht gestanden hat, das wir auf Grund des erhaltenen Materials angenommen haben. Wenn die wenigen Unterschiede in den Wendungen und Halbversen und Namen, die Scholle anführt, wirklich als entscheidende Unterschiede angesehn werden können, so könnten diese nur beweisen, dass die Episode vor der Zeit des für uns erreichbaren Originals eingeschoben worden ist und diesem also ein älteres Original zu Grunde liegt, das aber für meine Aufgabe ohne practischen Werth wäre. Ein Unterschied in der Behandlung der Assonanz in den 2 Theilen—Rencesvals und Baligant, wie sie Scholle bezeichnet,— scheint sich auf keinen Fall auf Grund der Ueberlieferung zu ergeben. Scholle erwähnt S. 28, dass im Renc. Futurformen auf *ez* sieben Mal, im Bal. nie vorkommen, dagegen die Futurform *eiz* beiden Theilen gemein ist. Dies würde geradezu Scholle's Auffassung, dass Bal. ein jüngerer Einschub sei, widersprechen, da *ez* die jüngere und *eiz* die ältere Form ist, cf. e-, ei-Ass. in der Abhandlung

mit einziger Ausnahme von Bourdillon* von allen als der Text
angesehen wird, der das Original am reinsten bewahrt hat, auch
in den Assonanzen Fehler zeigt, die nicht vom Dichter, sondern
vom Schreiber herrühren, ist allerseits zugestanden und jeder
Herausgeber hat sich Aenderungen erlaubt.

1. Der erste Herausgeber, Fr. Michel (1837) begnügte sich mit
Ergänzungen von offenbar unvollständigen Versen und wenigen
meist unglücklichen Aenderungen. Er schreibt in einer *i*-Tirade
tres ben les (unt) guiez statt *les guiez tres ben* v. 2972, fügt *me fie* zu
dem unvollständigen Vers 3786 in einer *en .. e*-Tir. hinzu u. dgl.

2. Génin (1851) ging schon etwas weiter in seinen Aenderungen.
Er suchte durch Beseitigung überzähliger Silben richtige Assonanzen herzustellen: z. B. statt *l'aunade* in einer *ü .. e*-Tir. (v. 2815
Mü., S. 235 Gén.) setzte er *l'aün* ein, wo sich allerdings das von
V⁴ gebotene *cundui*, gestützt durch den Roman de Roncevaux, als
richtig erweist, cf. *ü*-Ass.** Er tilgte ferner einige männl. Assonanzen in weibl. Tiraden und umgekehrt, ja suchte einige von den
andern in derselben Tirade ganz abweichende Assonanzen durch
entsprechende richtige zu verbessern, wobei er sich aber von einer
sehr falschen Anschauung von den altfranz. Lauten leiten liess: so
setzte er in einer geschlossenen *o* (= *u*)-Tir. *parvenuz* an das Ende
von v. 2874 (S. 240 Gén.) statt *reis*, und schrieb *le destre poign i
pert* (= offn. *e*) statt *le destre poign i perdit* (= *le poign destre i
perdiet* Mü.) v. 2795 in einer *ie*-Tir.

3. Th. Müller (1863)*** benutzte bereits alle Redactionen ausser
der nordischen und holländischen, und zwar von dem sog. Roman
de Roncevaux alle Hss., ausser C (Cambridge) und wohl auch L
(Lyon), von der er in seiner Anmerkung zu v. 1152 sehr gering-

---

* Sieh Le Poëme de Roncevaux traduit par J. L. Bourdillon, Dijon 1840,
S. 75. Bourdillon's Ausgabe „Roncisval mis en lumière", Lyon et Paris
1841, ist weder mir noch Herrn Prof. Stengel zugänglich; vgl. darüber
Génin's Ausgabe, S. CVII.

** Ich deute in der Einleitung bei der Besprechung der Verdienste oder
Fehler der verschiedenen Herausgeber ihre Verbesserungen, resp. falschen
Veränderungen nur an, da sie in der Abhandlung ausführlich erwähnt sind.

*** Seine Zählung der Verse ist, wie fast allgemein, auch von mir angenommen worden, ebenso seine zwar mehrfach irrige Zählung der Tiraden.
Eine frühere Ausgabe von Müller (1851) ist mir nicht zugänglich. Nach
Prof. Stengel's Angabe reproducirt sie Michel's Text. In einem Anhang
giebt Müller Verbesserungsvorschläge, die jedoch zum grossen Theil später
aufgegeben worden sind. Prof. Stengel theilt mir ferner mit, dass eine dritte
Ausgabe Müller's im Erscheinen begriffen sei, in welcher er die Meinung,
dass die Oxforder Hs. der gesammten andern Ueberlieferung gegenüber vor-
gezogen werden könne, offen vertrete, freilich ohne auch nur einen irgend-
wie stichhaltigen Beweis dafür beizubringen.

schätzig gegenüber Vers. und Par. spricht. Er behält in seiner
Ausgabe die anglonorm. Färbung und Orthographie und ebenso
die Mischung von *ie* und *e = a*, von reinem *a* und *a* vor Nasalen
bei. Ferner giebt er v. 979, obgleich hier wahrscheinlich V^4 das
richtige bietet (*seure = seivrrt*, einigermassen durch *dessevrer* in
V^7 gestützt), der Lesart in d R (Konrad v. 2684 .... *thiu erthe
ist gare verfluochet*) den Vorzug. *Deus l'ad maleite*, cf. *ei*-Ass. In
seinem Text lässt Mü. ausser den anglonorm. Eigenthümlichkei-
ten auch eine Menge anderer Fehler zu, von denen er nur einige
in seinen Anmerkungen verbessert, und öfters sogar durch Fehler
anderer Art ersetzt: z. B. *parle*, vorgeschlagen statt *parler* in einer
weibl. *an*-Tir. v. 3715. Selbst Mischung von ganz ungleichartigen
Assonanzen (*e* in Pos. und *ai* neben *an*, *a*, Tir. 285) und von weibl.
und männl. Ass. (Tir. 213) lässt er zu.

4. Ein ähnliches Verfahren beobachtet Conr. Hofmann (1866),
nur dass er consequenter in seinen Verbesserungen ist. Er duldet
keine Mischung von weibl. und männl. Ass. und im Allgemeinen
auch keine Mischung von ganz ungleichartigen Ass. in derselben
Tir. (aber cf. T. 285, bei Hofm. Tir. 281, wo er *guant*, *demant*, *leial*
streicht, aber *serat* stehen lässt, sieh G. Paris, Romania II, 102);
zugleich hat er bereits immer *ie* in den Assonanzwörtern der *ie*-
Tiraden geschrieben und darin die Wörter auf *e* zu verbessern ge-
sucht, während er in den *e* (*= a*)-Tiraden die Wörter auf *ie* nur
dann verbessert, wenn es sich durch blosse Umstellung oder Ein-
setzung der entsprechenden Lesart in V^4 thun lässt. Characteri-
stisch ist seine einseitige Benutzung der Venez. Hs. fr. IV (V^4), die
ihn Fehler für Fehler setzen lässt, z. B. *mendeier* (*= mendiger* V^4)
für *mendisted* v. 527 in einer *e* (*= a*)-Tir., *ki en sun cors le tent*
(*= qui en son cor lu tint* V^4) für *kien sun cors l'aveit* v. 3102 in einer
an (*en*)-Tir. Aber seine Vorliebe für V^4 bewahrt ihn doch nicht
davor, auch eine sehr unbegründete und falsche Conjectur zu
machen: *jamais parler* statt *parler jamais* (*parler çamos* V^4) v. 3248
in einer *e* (*=* in Pos.)-Tir. Für Hm. reimt *e = a* mit *e = e* in Pos.,
cf. v. 605 *jurrez*, v. 603 *el*.

5. Obgleich die Grundsätze zu Böhmer's Ausgabe (1872) nicht
erschienen sind, kann man doch aus dem Titel und aus seinem
Verfahren so viel erkennen, dass er sich so eng als möglich an den
Oxf. Text hält und die von ihm als fehlerhaft angesehenen Assonanzen consequent durch Conjecturalkritik zu beseitigen sucht,
die ihn freilich oft irre führt. Z. B. ersetzt er *mercit* v. 2933 und

exill v. 2935 in einer weibl. *i*-Tir. durch *mercide* und *exilie*, von
denen die erstere Form ganz sicher falsch ist, während die richtigen Assonanzen durch V⁴ und den Rom. de Roncevaux geboten
werden und auch schon von Hm. eingesetzt worden waren, dessen
nie veröffentlichte Ausgabe Böhmer freilich nicht vorlag. Man
bemerkt unter den Assonanzen in seiner Ausgabe Formen wie
livriet = livret v. 484, *juistiet = justez* v. 3858 und *buitiets = butet*
v. 2173 in ie-Tiraden und einen neu gebildeten Namen *Gaine =
Galne* v. 662 in einer *e* (*= e* in Pos.)-Tir., wo sich *Valterne*, was schon
von Mü. vorgeschlagen worden war, als richtig herausstellt, cf.
e-Ass.

6. Ebenso wie Bö., ist auch L. Gautier, der seit 1872 fünf Ausgaben hat erscheinen lassen, bestrebt, die Lesarten und Assonanzen des Originals herzustellen und die von dem anglonorm.
Schreiber herrührenden Fehler gegen die angenommenen allgem.
altfranz. Lautgesetze zu beseitigen. Gemeinschaftlich ist ihnen
beiden Trennung von offnem und geschlossenem *o* und von *e = a*
und *ie*. In dem letztern Punkte begeht Gaut. ebenso wie Bö.
Inconsequenzen und Fehler: *trenchiée* (*trenchee* Bö.) v. 1374 in
einer weiblichen, *osteier* v. 528 in einer männlichen *e = a*-Tirade.
Im Gegensatz zu Bö. zieht Gaut. die andern Redactionen herbei;
jedoch ist von einer Benutzung der fremden Bearbeitungen bei
ihm nichts zu merken. In der Vorrede seiner dritten Ausgabe
(Tours 1872) S. 8 giebt er einen Stammbaum der meisten franz.
Hss. Dort in der Note sagt er (ich führe seine Worte zur Erklä-
rung des Stammbaumes an): "Nous dresserons, ainsi qu'il suit,
le „Tableau de filiation" des manuscrits du Roland. Nous dé-
signerons par ✕ le manuscrit original, par Z et Y, deux des pre-
mières copies qui, l'une et l'autre, auraient été perdues, et par W
une copie perdue de Z. O désigne Oxford; Vn⁴, le plus ancien
texte de Venise; P, Paris; Vs, Versailles; Vn', le second manuscrit de Venise, et Ly. celui de Lyon."

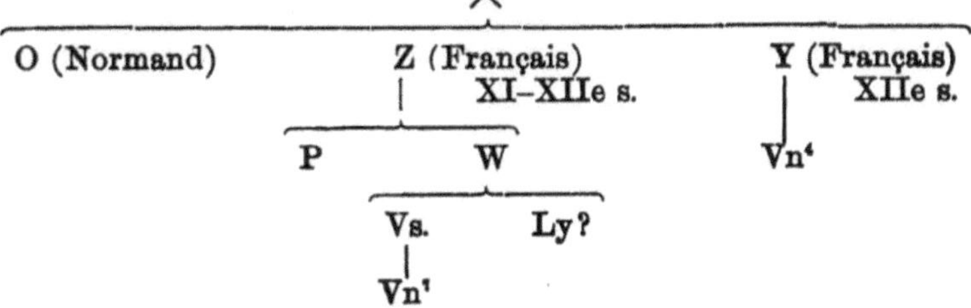

Danach wäre V⁴ (Vn⁴) aus einer Redaction geflossen, die unabhängig von O auf ihr Original X zurückginge, und man sollte glauben, Gaut. nehme an, alle Lesarten, die O und V⁴ gemeinschaftlich haben, seien aus dem Original geflossen. Aber er sieht durchaus nicht die Wörter auf *ie*, die sich in *e* (= *a*)-Tiraden sowohl in O als V⁴ finden, als richtig an, vielmehr beseitigt er sie, cf. *bacheler* statt *chevaler* v. 359, *vulez* statt *otrier* am Ende, v. 433 vgl. ẹ-Ass. Ausserdem sollte man aus Gaut.'s Figur schliessen, er würde Lesarten, welche die Redaction des Rom. de Roncevaux mit V⁴ bietet, vor denen in O consequent den Vorzug geben. Aber v. 1318 und 2548 behält er *desturbier* (= *desturber* in O) bei, obwohl V⁴ *ingombrer* bietet und *encombrier* durch Combination mit Rom. de Roncev. sich als richtig ergiebt. Gaut. folgt eben trotz seines Stammbaumes und seines häufigen Berufens auf die Lesarten der andern Hss. im wesentlichen der Praxis der frühern Herausgeber: er giebt die Lesart der Oxf. Hs. nur dann auf, wenn sie seinem subjectiven Gefühl als fehlerhaft erscheint.

Derselben Ansicht sind G. Paris (in der Ausgabe des Alexis und in der Romania), Mall (Einleitung in seiner Ausg. des Computus, Strassburg 1873) und Koschwitz * (Romanische Studien

---

* Nicht einmal für die Assonanzen des Charlemagne scheint Koschwitz die handschriftliche Ueberlieferung principiell verwerthet zu haben. Wohl behauptet er S. 20 in seiner Schrift "Ueberlieferung und Spr. etc.", im ersten Theile das Verhältniss der Hss. der Chanson festgestellt zu haben, und sagt: „Die vorangehende Untersuchung ermöglicht, soweit dies die mangelhafte Ueberlieferung des Charlemagne gestattet, die Lesarten des für uns erreichbaren Originals festzustellen." Aber im Verlauf seiner sprachlichen Untersuchung wird es durchaus nicht klar, ob die Formen, die er anführt und derselben zu Grunde legt, auch wirklich durch die handschriftliche Ueberlieferung als echt gesichert sind. Ebensowenig giebt er Stud. II, 29, wo er die falschen Assonanzen im Text des Charlem. der Schuld des Schreibers zuweist, ein Princip an, wonach er Assonanzen für falsch hält: z. B. *beaus*, *glazaus* v. 265—6. Stud. II, 45 erklärt er es sogar für unmöglich, für Charl. eine Vergleichung der den Schreibern gemeinsamen Züge wie bei andern Gedichten vorzunehmen und daraus Rückschlüsse auf das ihnen vorliegende Original zu machen; denn, bemerkt er vorher, „wir besitzen nur ein einziges französisches Manuscript von ihm." Also sieht er mindestens für seinen Aufsatz in den Studien ganz und gar von einer Vergleichung mit K, G und P (cf. Figur, St. II, 28) ab und hält diese offenbar für werthlos. Er beschränkt sich darauf, die alten Formen des Originals in dem verjüngten Text O durch die zahlreichen Spuren einer weit ältern Orthographie, also auf eine höchst subjective, conjicirende Weise herauszufinden, da er es ja seinem subjectiven Gefühl überlässt, eine Form für alt oder jung zu halten. Er nennt gleich darauf die Untersuchung der Asson. ein Mittel, die ursprüngliche Sprache des Charl. zu erkennen, jedoch sieht er ja selbst einige Assonanzen als falsch an. Also können auch die Assonanzen zum Beweise nur dann dienen, wenn sie durch die Lesarten anderer unabhängiger Hss. als echt gesichert sind.
Stud. II, 29 sagt er, die falschen Assonanzen und die metrischen Fehler

II, 1 ff.; Ueberlieferung und Sprache der Chanson du voyage de Charlemagne à Jérus et à Const., Heilbronn 1876). Ueberhaupt haben alle, die sich mit dem Vocalismus des ältesten franz. beschäftigt und Assonanzen aus dem Rolandsliede zur Vergleichung herangezogen haben, unter den Assonanzen des Oxf. Textes gewählt, wie es ihren Zwecken gerade entsprach, und nie principiell untersucht, ob sie sich wirklich in der Ueberlieferung als echt erwiesen. G. Paris verwirft z. B. die Mischung von *an* und *a*, von $e = a$ und *ie* im Rol. (Rom. II, 263), aber er schreibt die Mischung von *a* und *ai*, die ebensowenig von der Ueberlieferung gestützt ist, dem Dichter zu (Rom. IV, 287) und ist geneigt, das Perf. auf *i*, das neben *ie* in der Ass. auch von der Ueberlieferung gestützt ist (durch n, in Str. 50 Mü. = Str. 49 Bö., cf. *i*-, *ie*-Ass.) dem Schreiber zuzuweisen (Rom. IV, 287). Er vertritt (Rom. II, 101) *aün* = *aünade* v. 2815 gegenüber Hofmann (*cundui*) trotz der Uebereinstimmung von V⁴ mit V, P, cf. *ü*-Ass. Noch deutlicher zeigt er bei Besprechung einer Lesart innerhalb des Verses 2242, dass er die Richtigkeit der Combination von V⁴ und dem Rom. de Roncev. gegenüber einer isolirten Lesart in O nicht anerkennt; Rom. II, 101 sagt er: „Malgré l'accord des mss. secondaires (d. h. also V⁴ β, cf. Anm. Mü.), il ne paraît pas nécessaire de changer *li guerreiers* en *el servise*.“ Ferner nach dem, was er in der oben erwähnten Note Rom. IV, 287 über *respundit* v. 632 sagt, ist er offenbar in Betreff von V⁴ derselben Ansicht als Hofm. und auch Gautier (wenigstens in seinem Stammbaum der Hss. in seiner 3. Ausgabe, cf. oben) — nämlich dass V⁴ zu einer andern Redaction als O gehört: denn das vermeintliche blosse Fehlen einer Strophe in V⁴ (cf. *i*-Ass.) bestimmt ihn schon, dieselbe als unsicher für den ursprünglichen Text anzusehen.

des Charl. müssten durchweg der Unaufmerksamkeit des englischen Schreibers zugewiesen werden. Hiermit will er also die Sprache und die Metrik des Originals des Charl. besprechen. Wenn er nun im folgenden die Sprache des Rol. zur Vergleichung heranzieht und dabei zu dem Schlusse kommt, dass das Rol. jünger als Charl. ist, scheint er durchaus nicht das Original des Rol. zu meinen. Denn er sagt wörtlich Stud. II, 41: „Trotzdem wird man schwerlich die Abfassungszeit der Chans. de Rol. in der Gestalt wie wir sie kennen, viel vor das Ende des 11. Jahrh. ansetzen können u. s. w.“ Aber das Rolandslied in der Gestalt, wie wir es kennen, d. h. der Oxf. Text ist natürlich nicht das Original und somit fällt Koschwitz's ganze Schlussfolgerung in Betreff der Abfassungszeit der zwei Gedichte, vgl. darüber die Abhandlung. Wie Koschwitz scheint auch Mall von seiner handschriftlichen Untersuchung bei der Besprechung der Sprache des Computus keinen Gebrauch zu machen. Er sagt Einleit. S. 59, *remaint: ateint* Comp. 2145 sei ganz unsicher, obgleich im I. Reimwort alle Hss., im 2. S und O übereinstimmen, vgl. Varianten S. 151 und Filiationstafel der Hss. S. 12.

Auch Lücking's mir erst nach 'Abschluss der Arbeit zugegangene Schrift "Die ältesten französischen Mundarten," Berlin 1877, ist in der Benutzung der Assonanzen des Rol. principlos; er führt dieselben an, ohne zu fragen, ob sie durch die Ueberlieferung gesichert sind oder nicht. Er hält die Assonanzwörter, die der Scheidung von *en··e* und *an··e* widersprechen, wozu er auch *cuntenances* (aber gestützt) rechnet, für unecht (S. 126), vgl. *an··e*, *en··e*-Ass. Dagegen zweifelt er nicht an der Echtheit der Mischung von *an:a, an··e: a··e* (S. 126—7), von *ai:a, ai··e:a··e* (S. 123), von *e* (= *i*)··*e: e* (= *a*)··*e* (S. 99), vgl. die betreffenden Ass. in der Abhandlung.*

Näheres über die Ansichten der verschiedenen Gelehrten und über das Verfahren der Herausgeber in Bezug auf die einzelnen Assonanzen des Rol. ist aus der Abhandlung selbst zu ersehen. Hier genügt es dargethan zu haben, dass man bis jetzt allgemein das Verhältniss der Roland-Redactionen und Hss. verkannt hat oder darüber im Unklaren war und zugleich unterlassen hat, alle Hss. zu benutzen; die holländischen Fragmente wenigstens sind bis jetzt ganz unberücksichtigt geblieben.** Niemand hat bisher irgend ein Princip klar ausgesprochen, nach dem er immer bei der Textkritik verfahren wäre. Dagegen giebt sich in der Praxis die falsche Ansicht zu erkennen, dass die Oxf. Hs., wiewohl durch zahlreiche Fehler entstellt, doch der einzige directe Ausfluss des Originals sei, während die ganze andere Ueberlieferung auf eine gemeinsame Zwischenquelle gehe, die sich schon viel weiter vom Original entferne.

---

* Bei diesem unkritischen Verfahren in Bezug auf Assonanzen, soweit er sie überhaupt für seine Beweisführung benutzt, und da er seine Schlüsse zumeist auf die Schreibweisen der Hss. der Denkmäler gründet, kann man sich nicht wundern, dass seine Resultate in Betreff der dialectischen Unterschiede in den ältesten Sprachdenkmälern, was den Vocalismus angeht, den meinigen gradezu widersprechen, die sich nur auf die Assonanzen und zwar, wenn es möglich ist, auf die durch die Ueberlieferung gesicherten Assonanzen gründen. Sieh später über seine Ansicht von der Sprache der Passion.

** Vielleicht ausgenommen Gautier, der in seiner Ausgabe, in der Note zu v. 2265, das Fragment von Looz zur Bestätigung einer nach V⁴ und dem Rom. de Roncev. am Anfang des Verses gemachten Verbesserung anführt. Er hält übrigens h L für beeinflusst durch O, cf. unten § 2.

§ 2. *Das Verhältniss der Redactionen auf Grund von systematischer Vergleichung des gesammten Apparates. Beweis dafür.*

Schon seit längerer Zeit hat Herr Prof. Stengel die Uebungen des romanischen Seminars zu Marburg darauf gelenkt, den alten Text der Chanson de Roland mit Hülfe des gesammten von ihm gesammelten handschriftlichen Apparates zu reconstruiren. Durch eine genaue Untersuchung und systematische Vergleichung aller uns zu Gebote stehenden und für unsere Zwecke nothwendigen Hss., die Herr Prof. Stengel angefangen hatte und ich fortgesetzt und danach speciell für meine Zwecke zu Ende geführt habe, die sich auf die ersten 1350 Verse, Vers für Vers, erstreckte und von da an nur noch die Assonanzwörter betraf, hat sich herausgestellt, dass fünf resp. vier verschiedene Redactionen anzunehmen sind, die alle auf ein gemeinsames Original zurückgehen, vgl. Zeitschrift für rom. Philol. 1877, I, S. 137 Anm. 1. Dies ist wahrscheinlich noch nicht die ursprüngliche Chanson de Roland, aber jedenfalls vorläufig als solche anzusehn, so lange nicht andere Hss. aufgefunden werden können, die durch Vergleichung archaischere Züge zeigen als dieses auf Grund der fünf resp. vier Redactionen zu reconstituirende Original. Das Criterium unseres Verfahrens waren die Fehler, wie sie allgemein als solche erkannt worden sind: 1) die offenbaren Fehler, wie Mischung von weibl. und männl. Assonanzen und Mischung von ganz ungleichartigen Assonanzen (z. B. *an* und *è*) in derselben Tirade. 2) Die dem anglonorm. Schreiber zugeschriebenen Fehler, die von den letzten Herausgebern als solche erkannt, wenn auch noch nicht systematisch entfernt worden sind, Mischung von *e* und *ie*, von reinem *a* und *a* vor Nasalen in den Assonanzen. Die Hs., die derartige Fehler zugleich mit O zeigt, muss als zu derselben Redaction gehörig betrachtet werden. Auch andere Redactionen werden sehr oft eine Lesart in O stützen, aber diese wird dann immer die richtige sein.

I. Die anglonormannische Assonanzen-Redaction = α. Sie ist die Redaction, die am treuesten den ursprünglichen Text bewahrt hat, und von dieser ist die beste Hs. O, der Oxforder Text, von dem man immer zur Reconstruction des Originaltextes ausgehn muss und dem auch ich die von mir zu besprechenden Assonanzen entnehme, wie aus dem Titel meiner Arbeit zu sehen ist. Zu derselben Redaction gehört V⁴ = Venez. ms. fr. IV, abgedruckt in Hofmann's Ausgabe (1866), genauer von Kölbing (Heilbronn 1877). Auch diese Hs. hat die Assonanzen erhalten, die meistens nur äusserlich und gewaltthätig in Reime verwandelt sind. Sie hat viele Fehler mit O gemein: *ie* in *e* (= *a*)-Tiraden, cf. *chevaler* v. 359, v. 2861, *otrier* v. 433, *pe* = *pied* v. 2163, *ne* = *nies* v. 2775; *an* in einer *a*-Tir. *campt* = *camps* v. 3336. Dass V⁴ aber nicht aus O geflossen ist, beweisen die zahlreichen echten Lesarten, die die Hs. gegenüber O zeigt und die sich als solche durch Vergleichung mit der Reim-Redaction oder andern Redactionen erweisen: z. B. *Aspre* statt *Espaigne* in einer *a .. e*-Tirade v. 1103. Die Hs. V⁴ muss wohl erst durch viele Mittelquellen hindurchgegangen sein, bevor sie, die, ebenso gut als O, deutliche Spuren ihrer anglonorm. Herkunft zeigt, nach Italien gekommen ist und hier die italienische Hülle angenommen hat. Sie begleitet den Oxf. Text bis v. 3682.

II. Die franz. Reim-Redaction oder der Roman de Roncevaux = β ist uns in sechs mehr oder weniger unvollständigen Hss. erhalten: V⁷ = Venez. ms. fr. VII, V = Versailles, C = Cambridge Trinity College, P = Paris, L = Lyon, F = Fragment einer lothringer Hs. Von den Entstellungen, Erweiterungen und Fehlern gegen die Grammatik der alten franz. Sprache, die sie naturgemäss als ziemlich späte Reimbearbeitungen eines ursprünglich im assonirenden Versmaass abgefassten Textes in grosser Menge bieten, sind viele allen Hss. gemein, so dass an ihrer Verwandtschaft unter einander nicht zu zweifeln ist. Den Grad derselben für jede zu bestimmen, ist unnöthig für meine vorliegende Arbeit. Es genügt zu wissen, dass jede der verschiedenen Hss. mit Ausnahme des zu wenig umfangreichen lothr. Fragm. unabhängig von den andern richtige Assonanzen in O stützt. Auffallend sind die assonirenden Tiraden, die sich in V und P und zwar oft zugleich* mit den Tiraden der Reimversion vorfinden. Sie stützen übrigens ebenso wenig als die andern Tiraden des Rom. de Ronc. falsche Assonanzen in O und ein Fall, wo der Doppeltext in V eine falsche Assonanz in V⁴ in v. 1808 (*or* statt *adub* in einer geschlossenen *o*-Tir.) zu stützen scheint, ist leicht als eine Reminiscenz von v. 1798 in der vorhergehenden offnen *o*-Tir. fast gleichen Inhaltes zu erklären, indem zwei Schreiber von verschiedenen Recensionen wohl unabhängig von einander das

---

* Der Doppeltext in V und P ist mit Vᵃ und Pᵃ bezeichnet.

ungewöhnliche *cil adub* durch den gewöhnlichen Ausdruck *elmes ad or* ersetzen konnten. Wahrscheinlich sind die assonirenden Tiraden in V, P Reste eines ältern assonirenden Gedichtes, das allen Reimbearbeitungen zu Grunde gelegen hat und durch selbstständige Mittelquellen aus dem Original aller Redactionen geflossen ist. Jedoch diese Frage zu entscheiden sowie das Verhältniss der einzelnen Reimgedichte zu einander festzustellen, überlasse ich gern Herrn G. Paris, der eine Ausgabe des Roman de Roncevaux in Aussicht gestellt hat. — β geht parallel mit O bis v. 3682, jedoch mit Unterbrechungen in den einzelnen Hss. und indem die einen Hss. früher oder später beginnen oder aufhören als die andern. Nach v. 3682 haben alle ein besonderes Gedicht von der Klage in Roncevaux und der Bestrafung des Ganelon,* zum Theil der Episode entsprechend, die nach der Erzählung von der Einnahme von Narbonne V⁴ schliesst. Das Verhältniss dieses Gedichtes zu dem Schlusse der Chanson, wie er sich in O und fast ganz auch in d, in derselben Weise oder ungefähr ebenso wie vor v. 3682 verändert, findet, ist nicht ganz klar; jedenfalls konnte es bei seinem ungebührlich in die Länge gezogenen und von O bedeutend abweichenden Inhalt und seiner auch in V⁴ modernisirten Gestalt für unsere Zwecke nicht benutzt werden.

III. Die nordische Redaction = n ist Herrn Prof. Stengel und mir nur aus Unger's Ausgabe der Saga bekannt, da uns die schwedische Uebersetzung nicht zugänglich war, obgleich sie auf einem sehr alten Text der Saga beruhen und daher viele alte Züge bewahrt haben soll (cf. Koschwitz, Ueberl. u. Sprache des Charl.; Storm, Sagnkredsene S. 30 u. Abschn. III, Germania XX n. F. VIII, S. 229). n begleitet fast Vers für Vers, Wort für Wort den Oxf. Text bis v. 2562, zeigt jedoch Tiraden, Verse und Lesarten, die sich nicht in O, aber wohl in β finden, und weist zugleich nirgends sonst vorkommende Auslassungen und Entstellungen auf. Dagegen stützt es auch sehr viele Lesarten und Assonanzen in O, die dann immer die richtigen sind. Scheinbare Widersprüche werden nachher im Zusammenhang mit denen in β und h besprochen werden. Nach v. 2562 ist der Text der Saga so verkürzt, dass ich von da an keine Stütze auch nur für eine einzige Assonanz in O finden konnte. Deshalb ist es hier unnöthig, über das Verhältniss des 2. verkürzten Theiles zu dem 1. und zu

---

* Prof. Stengel hat dafür den Titel „Vengeance Roland" vorgeschlagen.

den andern Redactionen zu sprechen; zu erwähnen ist nur, dass n die zwei Episoden von der Ankunft des Baligant und seinem Kampfe mit Karl gar nicht berührt, dagegen zwei andere Episoden von dem Schwerte Roland's und von den Dornen bringt, die O nicht erwähnt, von denen aber die zweite sich in dem Schlussgedicht des Rom. de Roncev. findet. Ebenso wenig konnte ich in der von Gautier in seinem Buche „Epop. franç." gegebenen Uebersetzung der dänischen Keiser Karl Magnus's Kronike, die auf der Saga beruht und den Text derselben nur in stark abgekürzter Gestalt wiedergiebt, beim Schlusse, der von dem der Saga abweicht und einiges enthält, das den Versen 3991—3997 in O entspricht, eine Stütze für eine Asson. finden.

IV. Die deutsche Redaction = d ist von mir mit ziemlichem Erfolg in der dem Pfaffen Konrad zugeschriebenen Redaction des Rolandsliedes (ed. Karl Bartsch 1874) benutzt worden, obwohl diese freie, stark interpolirte Uebersetzung des altfranz. Gedichtes auf den ersten Blick kaum etwas für eine Untersuchung über die Assonanzwörter des Originals zu bieten schien. Die jüngern deutschen Bearbeitungen, Stricker's Karel = d S (ed. Karl Bartsch, Quedlinburg u. Leipzig 1857) und Karlmeinet = d K (ed. Ad. von Keller, Stuttg. 1858), gehen zum grössten Theil ebenso wie d R (Rolandslied Konrad's) auf eine gemeinsame deutsche Quelle, die ursprüngliche deutsche Uebersetzung des franz. Originals, zurück.* d zeigt keine Abhängigkeit von α oder β d. h. es stützt keine Fehler derselben. Ich habe daher besonders in d R wenn auch wenige so doch sichere Stützen für Assonanzwörter finden können, die allerdings zumeist Eigennamen sind. Nach v. 3682 war mir d R von besonderer Wichtigkeit, weil es dem Oxf. Text noch bis v. 3973 folgt und es daher die einzige Redaction war, der ich noch nach v. 3682 Stützen für Assonanzen entnehmen konnte.

(V) Die holländische (flämische) Redaction = h ist uns in vier eng mit einander verwandten Fragmenten aus dem dreizehnten und vierzehnten Jahrh. erhalten,' die, mit Unterbrechungen und oft mit einander parallel gehend, den Oxf. Text von v. 882—2607 begleiten, (herausg. von Bormans, La Chanson de Roncevaux, Fragments d'anciennes rédactions thioises, dans les Mém. publ.

---

* Diesen Sachverhalt hat Herr Dönges, Mitglied des romanisch-englischen Seminars zu Marburg in seiner gekrönten Preisarbeit dargethan. Sieh Ergebnisse der Preisbewerbungen bei der Universität Marburg vom Jahre 1876 bis 1877, S. 2.

par l'Acad. de Belg., Tome XVI, 1864): h L   Fragm. de Looz,
h B = Fragm. de Bruxelles, h H   Fr. de la Haye, h R = Fr. de
Rijssel (Lille); ferner in dem Volksboek (h V) aus dem 16ten
Jahrh., das von Bormans der Ausgabe der Fragmente beigefügt
ist und das, meist mit denselben zusammengehend und sie oft
ergänzend, die Verse 841—2393 des Oxford Textes repräsentirt.
Die Fragmente und das Volksbuch bieten sehr häufig Stützen für
richtige Lesarten, die sich entweder in O allein oder zugleich auch
in einer derandern Hss. finden, entscheiden aber auch oft für
richtige Lesarten in β gegen α.*

Während die vier Fragmente wahrscheinlich auf einer ältern
holl. Uebersetzung der Chanson beruhn, muss das bedeutend
jüngere Volksbuch aus einem Gedicht hervorgegangen sein, das
den Fragmenten sehr nahe gestanden hat oder gar das vollständige
Exemplar eines derselben gewesen ist, da es oft fast ganz wörtlich
die Verse der Fragmente wiedergiebt.

Spuren einer Verwandtschaft von h mit n lassen sich nicht entdecken, wohl aber mit d. Folgende zwei Fälle sind mir im Vér-
laufe meiner Collationirung aufgestossen:

v. 957. O: *Pur sa beltet dames li sunt amies.* So oder ähnlich ist
der Gedanke in V⁴ und V⁷, V, C ausgedrückt. Aber: *Harte min-*

---

* In der „Histoire poétique de Charlem." (1865) behauptet G. Paris S. 137:
„De ces fragments, deux (L et H) suivent, mais en l'abrégeant et en le modi-
fiant sensiblement, le texte de Turold, les deux autres (R et B) semblent ap-
partenir à des poèmes faits d'après les textes français renouvelés. C'est à
cette dernière classe que se rapportent aussi les morceaux en vers d'un livre
populaire du XVIᵉ siècle, la Bataille de Roncevaux." Aehnlich sagt L. Gautier, „Les Epop. Franç.," Paris 1865, T. I, S. 439: „Les deux premiers se
rapportent au texte d'Oxford, les deux autres à nos textes rajeunis de Versailles ou de Paris." Dieselbe Ansicht vertritt Gautier—nur etwas unbe-
stimmter—im Jahre 1867 im II. Band desselben Werkes S. 403 und noch im
Jahre 1876 in der Einleitung zu der „édition classique" der Chanson de
Roland S. 40. Wie G. Paris zu seiner bestimmten Ansicht über h L und h H
und zu seiner etwas unsicher vorgebrachten Ansicht über h R, h B und h V
gekommen ist, warum L. Gautier mit Bestimmtheit versichern kann, dass
h L und h B vom Oxf. Text, h H und h R speciell von dem Vers. oder Par.
Text beeinflusst sind, dafür geben sie keine Gründe an, und es ist schwer zu
ersehn, welche Gründe sie dafür gehabt haben können. Weder eins der
Fragmente noch h V stützen (mit Ausnahme sehr weniger scheinbarer
Uebereinstimmungen) einen Fehler in α oder β und sie sind daher als die
Reste einer mindestens von diesen beiden unabhängigen Redaction zu betrachten. Allerdings ist ein Fall bedenklich: *main* v. 2264, assonirend mit
e in Pos.; h L hat das Wort *hant*, aber nicht in derselben Verbindung, vgl.
darüber § 3 No. 6, und *an-, en-*Ass. in der Abhandlung.

Wenn h L dem Oxf. Text vielleicht ähnlicher als die andern Fragmente
scheint, so ist es nur, weil dieses Fragment meist getreuer ist; einzelne ganz
wörtliche Partien finden sich aber auch in h V und den andern Fragmenten
ausser dem sehr kurzen h B.

nôten in thie frouwen d R 3730.   *Door sijn groote uutnemende scoon-heit Beminden hem die vrouwen ghereit.* h V 119—120.

v. 1125. O: *Sun cheval broche e muntet un lariz,* ähnlich in V⁴ und β.   Aber: *Er fuor von scare hine ce scare. Al umbe er rante.* d R 3902—3.   *Hi voer van scaren te scaren Eñ woudese met Gode bewaren.* h H 52—53.   *Hi voer van scaren te scaren Eñ wildese met Gode bewaren.* h L 79—80.

Vgl. ferner v. 861 in O, wo d und h dasselbe Flickwort *hant* im Reim gebrauchen, sieh § 3 No. 6.

Die zwei oder drei Fälle, die wohl für beweiskräftige Uebereinstimmungen von d und h gelten können, da ihnen gegenüber die Lesarten in O durch die Reim-Redaction gesichert erscheinen, liessen sich vielleicht vermehren, wenn man das Verwandtschaftsverhältniss auch in den jüngern deutschen Bearbeitungen verfolgen wollte. Somit kann man wenigstens vorläufig annehmen, dass h und d auf eine Redaction zurückgehn, dass entweder d aus dem verlorenen ältesten Texte der holl. Bearbeitung geflossen ist oder beide, die ältesten Texte sowohl von d als h, ein und dieselbe franz. Vorlage einer besondern verlorenen franz. Recension gehabt haben, oder dgl. Dies jetzt aufzuklären, ist für meine Zwecke nicht nöthig; auch hat es ein Mitglied des romanischen Seminars zu Marburg übernommen, diese Frage zu lösen.

Ausser diesen fünf resp. vier Redactionen kann man möglicherweise eine VIte resp. Vte Redaction annehmen, die von Turpin und den durch diesen beeinflussten Romanen. Jedoch auf die ganze Gruppe passt dasselbe, was ich über das Schlussgedicht im Rom. de Roncevaux und in V⁴ gesagt habe.

Dieses von Herrn Prof. Stengel und mir angenommene Verhältniss der Redactionen wird beweisen

1) negativ, die vorliegende Dissertation

2) positiv, der von Herrn Prof. Stengel bereits in der „Rivista di Filologia Romanza“ angekündigte und für die in Halle erscheinende „Zeitschrift für Rom. Philol.“ bestimmte Artikel „Verbesserungen zum Oxforder Text der Chanson de Roland, welche sich aus consequenter Herbeiziehung der Ueberlieferung ergeben.“

Meine Arbeit wird ergeben, dass alle Assonanzen, sei es in O allein, sei es in O und V⁴, wenn sie durch β oder n oder d, h gestützt sind, als richtig betrachtet werden müssen. Diese habe ich vor der Besprechung jedes einzelnen Assonanzvocales zusammengestellt und nach den entsprechenden ursprüngl. Lauten und je nach den folgenden oder vorhergehenden Consonanten, die auf die Entwicklung und Umgestaltung der Vocale Einfluss ausüben konnten, geordnet. Unter den zahlreichen Assonanzwörtern, die sich nicht als durch die Ueberlieferung gestützt ergeben, befinden sich ausser an und für sich unanstossigen alle fehlerhaften und zwar

a) solche, die bis jetzt allgemein als solche erkannt, wenn auch noch nicht consequent aus dem Text entfernt worden sind, b) eine Menge anderer, die man bis jetzt unbeanstandet im Text gelassen hat, die sogar in Einzelschriften über die altfranz. Lautlehre zu Beweisen von Alter und Herkunft anderer Denkmäler und dgl. benutzt sind. Diese Fehler werde ich bei der Besprechung jedes einzelnen Assonanzvocales erwähnen und zugleich kritisch beleuchten, wie sie in den Ausgaben und den über den Vocalismus der ältesten franz. Schriftsprache erschienenen Abhandlungen aufgefasst sind.

Herr Prof. Stengel wird in seinem Artikel darthun, a) dass jede vom Oxf. Text abweichende Lesart von V⁴, welche sich entweder in β oder in n oder in d oder in h wiederfindet, zulässig ist und daher unbedenklich in den Text gesetzt werden muss, b) dass auch jede von der gemeinsamen Lesart in O und V⁴ abweichende Lesart von β, sobald n oder d oder h dafür spricht, angenommen werden muss. Durch diese zwei Arten von Combinationen werden also keine Fehler in [den Text eingeführt, wohl aber eine grosse Anzahl von Fehlern im Oxf. Text beseitigt.

§ 3. *Erledigung scheinbarer Widersprüche in Bezug auf Assonanzen.*

Gegen das von Herrn Prof. Stengel und mir vertretene Princip giebt es mehrere scheinbare Widersprüche. Prof. Stengel wird in seinem Artikel die erledigen, welche die Emendationskritik angehen, wie gleichzeitiges Fehlen von Versen und Tiraden in zwei Redactionen, wenn sich dieselben in zwei andern vorfinden; dann überhaupt alle die, welche das Innere der Verse betreffen, und die Assonanzwörter, die in O nicht gestützt sind, gegen die aber eine Combination vorzuliegen scheint, die eine falsche Assonanz in den Text einführen würde. Ich habe im folgenden nur die Fälle zu besprechen, wo gegen eine Ass. in O, die durch eine Redaction gestützt ist, eine Gegencombination zu sprechen scheint, und die, wo eine Ass. in O offenbar falsch ist, aber durch eine andere Redaction gestützt zu sein scheint.

Es ist als ganz natürlich und von vorn herein mindestens als möglich anzusehn, dass die Schreiber zweier verschiedener Redactionen unabhängig von einander an einigen Stellen ihrer Vorlage ein und dieselbe Veränderung und Entstellung vorgenommen haben, vorausgesetzt, dass sich dieselbe *durch eine bestimmte Ursache*, die beide Schreiber zu derselben Aenderung bewogen hat, erklären lässt. Manchmal können auch mehrere Gründe zusammen gewirkt haben, die Ueberlieferung zu trüben. Die Fälle, die ich zu besprechen habe, lassen sich unter sieben resp. neun Gesichtspunkte bringen:

1. Das Reimbedürfniss, das in den Hss. des Rom. de Roncev. herrscht und sich auch häufig in V^4 geltend macht, lässt die Schreiber von β und V^4 gegenüber der richtigen Form in O die beim Reimen so bequeme Form des Infin. auf *er*, *ier* wählen:

3:27. O: *E dist al rei: Or ne vus esmaiez.* Die Form des Imper. erweist sich durch n^2 (*óttast ekki*) als echt. Hier wählen V^4, V^7, V den Infin., um einen Reim zu erlangen, und ändern im übrigen selbstständig die Construction: *E dist al rei ne vos deites maier.* V^4. *Dist a Marsille: Ne vous quier esmaier.* V. *Dist a Mars. ne vous chaut desmaier.* V^7.

73:898. *De vasselage est il ben alosez.* O. *ok er mjök lofaer at hreysti sinni.* n^{19}. Die Schreiber von V^4 und V verstanden nicht mehr die archaische Form *alosez* und gebrauchten wegen des Reimes den Infin. und das gewöhnliche Wort *loer*, indem sie *a* als Præposition auffassten. Die Construction vorher ist übrigens nicht identisch. *De vassalaçe molt est ben alloer.* V^4. *De vasalage fait mot bien a loer.* V. Vielleicht ist *alloer* in V^4 nur äusserlich Inf. (= *a loer*) und vielmehr = *alloez*, Part. Perf., cf. unten. Dazu kommt 170:2260 *cervel* O = C. Es ist richtig in einer männl. *e* (= *e* in Pos.)-Tirade. Das Synonym *cervelle* ist von V^7, V, P, L (innerhalb des Verses) angewandt, und ebenso von V^4 (*laceruelle*), weil diese Hs. hier, wie meistens in dieser Tir., die männl. Ass. in die weibliche verwandelt hat. Der Schreiber von O setzte *la cervel* statt *le cervel*, weil auch er an die feminine Form *cervelle* dachte, die ihm wahrscheinlich geläufiger war; *cervele* ist in der vorhergehenden weibl. *e* (= *e* in Pos.)-Tirade gestützt.

Besonders sind die Fälle zu erwähnen, wo in V, das die Assonanzen im allgemeinen bewahrt, aber sie oft gewaltsam in Reime umwandelt, die Form nur äusserlich der Lesart der Redaction β entspricht, aber ihrer Function nach gleich der in O ist. So setzt V⁴ den Infin. statt der 2. Plur. Imper.

195: 2674. *nunciez* O, gestützt durch V⁷, V; aber *nunciers* C; *nuncer = nuncez* V⁴. Infin. statt des Part. Pf.:

104: 1316. *tuchet* Ó, *tochie* L; aber *tocher* V⁷, V; *tocer = tocet* V⁴.

195: 2677. *pleiet* O, *pleiez* V⁷, V; aber *pleviers* C; *pleger = pleget* V⁴.

202: 2808. *venget* O = P; aber *venger* C; *vençer = vençez* V⁴.

ie statt *issent:*

261: 3529. *partissent* O, gesichert durch *departissent* P; aber *El plus espes ont la presse partie* V⁷; *Tut lor espleç e rumpeç e partie* V⁴. In diesem arg entstellten Text scheint *partie = partissent* zu sein, vgl. *toce = tocastes* v. 3446; denn *rumpeç* kann nicht = Part. Pf. sein, wofür V⁴ die ital. Form *roto* (cf. v. 3448) oder *rompu* (v. 2158) gebraucht, und ist wohl = *rumpent*.

ie = ient:

261: 3525. *Par tut le camp ses cumpaignes ralient.* O; aber *sa compeigne ralie* V⁷, V, *sa grans os ralie* P; *Per tut lo camp soi compagnun rellie (= rellient)* V⁴.

272: 3659. *flambient* O   P; *flambie (= Sing.)* V⁷, V; *flambie (= Plur.)* V⁴.

2. Im Gebrauch von Synonymen und ähnlichen Wörtern zeigt die Ueberlieferung eine grosse Willkür. Es ist hierbei oft schwer zu entscheiden, was die ursprüngliche Lesart gewesen ist. Vertauschung von der Ableitung und dem Laute nach verwandten Wörtern * findet sich in folgenden Fällen:

182: 2465 *dedevant* O = V; *devant* V⁷, P, L, *davant* V⁴.

70: 860 *avant* O; *devant* V⁷, V, *davant* V⁴; auch *premierement* C neben *fyrstr* n¹⁸ (= als der erste) kann nicht auffallen.

171: 2274 *esguardet* O, *esgarde* P; aber *regarde* V⁴ = C, L.

268: 3614. *remembrance* O, P; *membrance* V⁷, V = V⁴ ($\overline{mbra}çe$).

Vertauschung von nur sinnverwandten Wörtern:

92: 1169 *ajustant* O, *ajostanz* V, P; *acostant* L = V⁴.

176: 2363 *cunquerant* O = P; *combatant* C, V⁴.

191: 2611 *Prent i chastels e alquantes citez* O. *Prist io austels (un*

---

chastiaus) *si prist mainte cite* V', V.   *Preso a çastelle e altre fermeçe* V⁴.   *Prins a chasteaux et maintes fermetez* C.

204:2829 *en seant* O = P; *en estant* C, *in estant* V⁴.

156:2077 *Turpin de Reins tut sun escut percet* O.   *Torpins de rains ont son escu perciez* L.   *Et a Turpin fu sis escuz brisiez* V'. *Trepin de reins a son escu briser* (= *briset*) V⁴.

260:3515 *Carles est fiers e si hume vaillant* O.   *Karles est fiers et sa gent sont vaillant* P.   *Çarlo ert fer e ses homi e firant* V⁴.   *Charles est fier o ses hommes ferant* C.

264:3564 *criee* O, *escriee* V', V, P; aber *clamee* V⁴, C; jedoch wendet C im vorhergehenden Vers *escriee* als Reimwort an.

68:837 *hanste* O = *spjótskapt* n¹⁷; aber *lance* V', V, C = V⁴. Hier wählten die Schreiber von β und V⁴ ein sinnähnliches, gewöhnliches Wort (Lanze statt Lanzenschaft), indem sie einen Archaismus zu ersetzen suchten, und wohl auch beide — V', V, C und V⁴ — aus Reimbedürfniss, da auch in V⁴ dieser Vers mit dem folgenden reimt (*lançe:françe*). n²⁴ übersetzt *hanste* innerhalb des v. 1317 (in O) auch mit *spjótskapt*, wo V⁴ *asta*, C *hante*, V', V, P, L *lance* anwenden, dagegen übersetzt n³⁰ *lance* innerhalb des v. 1675 mit *spjóti*.

162:2158 Eine richtige Assonanz (*e* = *a*-Tir.) wird nur von P und C geboten: *Et sis auberc desromps et depanez* P; *Son haubert fut fraint et dessaffrez* C.   O, V⁴ und V', V, L haben alle denselben ·Fehler: *E sun osberc rumput e desmailet* O; *E son uberg rompu e desmaille* V⁴; *Et sis auberc rompuz e desmaille* V', V; *Et son auber desrot et desmailliez* L.   n²⁴ giebt für die vier Synonyma in v. 2157—8 *frait, estroet, rumput, desmailet* nur ein Wort *klofit*, in der Variante B, b *klofit* für v. 2157, *rifit* für v. 2158; n kann, wie jede Uebersetzung, nicht viel helfen, wo es sich darum handelt, welches Synonymum im ursprüngl. Text gestanden hat.   Wahrscheinlich ist *desaffret* in C die ursprüngliche Assonanz, da sich das Wort im Oxf. Text in der Form der 3. Sing Praes. (*desaffret* v. 3426) findet und man einen ganz analogen Vers im Gormond (v. 124) mit demselben Assonanzwort *Le hauberc rumpu e desafré* trifft. Dieses immerhin, wie es scheint, etwas ungewöhnliche Wort wurde in v. 2158 von den Schreibern von V', V, L und O, V⁴ durch das sehr gewöhnliche *desmailet* ohne Rücksicht auf die Lautgesetze (ie = e) ersetzt, und hierbei wirkte die Erinnerung an Parallelverse wie v. 2079 (in einer *ie*-Tir.), der in O, V', V, L und fast auch in V⁴ mit diesem Verse identisch ist, mit, vgl. die 5. Classe.

165: 2211 *Pur orgoillos veintre e esmaier* O; *E pur uberg romper
e desmaier* V⁴; *Ne por auberc desrompre et desmaillier* V⁷, V, P, L;
C setzt 1 Vers für 2210—1: *Pour aubers fraindre et por escuz per-
cier; brynjur sundr at rífa ok ofmetnadhi* (= fr. *orgoill*) *nidhr at
steypa* n³⁵. Es war im alten Texte ein Vers, dessen zweites Hemistich in O, dessen erstes Hemist. in V⁴, β erweitert ist, der
aber wörtlich in n übersetzt ist: wahrscheinlich = *Por osbercs
rompre et orgoill esmaier.* V⁴ und V⁷, V, P, L wählten, um den
Gedanken des "*osbercs rompre*" zu erweitern, zufällig dasselbe
Synonymum; in dem *desmaier* von V⁴ erkennt man noch deutlich,
dass der Schreiber von V⁴ das ähnliche Wort *esmaier* vor sich sah.
Desmaier ist sogar genau = *esmaier* von V⁷ v. 27 gebraucht.

Besonders durch die Uebersetzungen entstehen leicht Widersprüche, da dieselben im Gebrauch der Synonymen selbstver-
ständlich sehr willkürlich sind:

28:359 *chevaler* O = V⁴, falsch in einer *e* (=*a*)-Tir. n⁷ übersetzt
das Assonanzwort mit *drengr* und dasselbe Wort gebraucht n in
der Form *dreng* für das anderweitig gestützte *chevaler* in O v. 1504
in einer *ie*-Tir. Jedoch wird *chevalier, chevaliers* von n gewöhn-
lich mit dem wörtlichen *riddari* wiedergegeben, so v. 1673, 2214,
1311, sonst auch durch andere Synonyma: *hermanna* v. 802,
madhr v. 24 (v. 25 in O). *drengr* = *juvenis, vir fortis* (cf. Sv. Egils-
son's Lexicon) entspricht genauer einem franz. *bacheler*, das wegen
seiner Endung *er* = *aris* statt *arius* in die Assonanz passt (vgl.
e (=*a*)-Ass.) und v. 2861 von C statt des falschen *chevaler* auch in
einer *e* (=*a*)-Tir. geboten wird.

9:135 *at fara aptr* n⁴ übersetzt nicht das falsche *repairer* in O in
einer *e* (=*a*)-Tir., sondern *retorner* des Originals, das sich in V⁷ erhalten hat. In O gerieth *repairer* in diesen Vers durch die Erinnerung an den fast identischen Vers 36 in einer *ie*-Tir., wo es gestützt ist.

79:983 *Dient alquanz que diables i meignent.* O; *djöflar eru
thar margir.* n²⁰; *Ther tiuvel wonet thar inne* d R 2692. *Eru*
(= sind) und *wonet* können unmöglich das falsche *meignent* =
magnent in weibl. *ei*-Tir. stützen, sie zeigen nur, dass ein Synonymum da gestanden haben muss. V⁷ C mit Reim auf *er: Li vif*
(*vil*) *diable i solent* (*veulent*) *converser.* V, das in dieser Tir. die
Assonanzen bewahrt, aber sie meistens mit Gewalt in Reime, besonders mit weibl. *i*, verwandelt, hat abweichend: *Dient paien
diable ni crient mie.* V⁴ hat den Sinn von O, aber hat nicht das-

selbe Wort und begeht einen andern Fehler in der Ass.: *Dicun alquat che diables ela entre* (= ital. *entro*), angereimt an den folgenden Vers (*Ço dis Cornuble ma bona spee trençe*); dieser Lesart würde sogar die in d R entsprechen, aber dies ist nur zufällig, da d R ganz frei übersetzt.

6: 81 *Al imperer da mia parte li direz* V⁴; *De moie part l empereor direz* V⁷, V; aber *Si me direz a Carlemagne le rei* O; *Bidhit Karlamagnús konung miskunna mér, ok segit honum ifalaust* n⁸. Hier ist die Asson. in V⁴ (= *direiz*) vorzuziehen, weil das Wort durch β gestützt ist und sich wenigstens innerhalb des Verses in O findet, wo auch der Vers falsch ist. Statt *rei* ist *empereor* im Innern des Verses zu schreiben.

96: 1237 *Sarrazins* O, *saraçins* V⁴, *Sarrasinen* h H 167, *Sarasinen* h V 424. Aber *hann rídhr fram ok maelir vidh heidhna menn* n²³; β hat *paiens* am Anfang des Verses und gebraucht Reim auf *ir*: *Paiens apelle com ja* (or C) *poisrez oir.* V⁷, V, C, P, L.

131: 1702 *olifant* O, *oliphant* V⁴, = h V 838; aber *cor* in β (nicht am Ende), *horni* n³⁰.

136: 1762 *olifan* O, *ilifant* V⁴, *Olifant* h R 90; aber *cor* in β (nicht am Ende), *hornit* n³¹. In beiden Fällen ist *olifant* gesichert; n gebraucht *Horn* = *Olifant* auch, wo dies sicher richtig ist (v. 1787).

84: 1054 Wenn *los* in O, V⁴ (*lois*) durch *lofi* in n²¹ gestützt ist, kann man *eere* in h H 9 nicht als Stütze für das falsche *onor* in V (in einer ǫ-Tirade) betrachten, da *eere* in einer Uebersetzung eben so gut dem *los* entsprechen kann.

187: 2527 *guarder* O in einer *ie*-Tirade. In V⁴ ist die Ueberlieferung ganz verfälscht: *Li enperer començeit a parler.*

h L 458 *nemen goom* kann ebensogut ein *guaitier* übersetzen, das bereits von Hofmann eingesetzt worden ist. P gebraucht das Wort wegen des Reimes im Part. Perf. *gaitiez:* V⁷,V wenden dasselbe Synonymum als O an, im Part. Perf. *gardez.*

3. Ebenso grosse Willkür herrscht in der Vertauschung von formelhaften, gleiches bedeutenden Ausdrücken und häufig wiederkehrenden Wendungen:

41: 520 O: *par veir sacez*, ist (wenigstens mit derselben Schreibart) in einer *e*(= *a*)-Tir. falsch, aber diese Lesart ist scheinbar durch den wenn auch nicht ganz genau entsprechenden Ausdruck *that skaltu vita* in n¹¹ gestützt. V⁷,V haben die richtige Assonanz *creez* (*por voir creez*), gestützt durch V⁴ (*cri por ver* = *creez*) *por veir.*

In v. 692 hat O dieses Assonanzwort in derselben Wendung: *par veir creez.*

88:1103 *Si regarde deça ver li port d aspre* V⁴; *Gardez a mont ca devers lu porz d Aspre* V. *Aspre* ist die richtige Assonanz, in einer weibl. *a*-Tir. Aber: *Guardez amunt devers les porz d'Espaigne* O; *Envers Espaigne deveriez esgarder* P; *Envers les porz devrez a regarder* V*. O gebraucht am Anfang des v. 870 denselben synonymen Ausdruck: *Des porz d'Espaigne,* wo die Ueberlieferung *Aspre* bietet. P und V* waren durch den Reim gezwungen, den Ausdruck in das 1ste Hemistich zu bringen, und während V* sich so behalf, dass es nur *les porz* mit *envers* verband und das selbstverständliche *d'Aspre* wegliess, gab P *les porz* auf und, da *Aspre* mit *envers* kein volles Hemist. ausmacht, setzte der Schreiber das hier gleichbedeutende *Espaigne* ein.

196:2698 *Dit l'un al altre: Caitifs! que devendrum* O; *Dist li uns a l autre chaitif que devendrum* V⁷, V; aber: *Dis l un al altro çaitivi che firon* V⁴; *Dist l un a l autre chetif qu elle la faron* C.

255:3446 *Carles li dist: Culvert, mar le baillastes* O; *Mar le ballastes por deu li criator* V; aber: *Ço dis li roi culvert mal li toce* (= *tocastes*) V⁴; *Mar le tochastes por deu li criator* V⁷; *Mal le touchastes a mort estez jugiez* C.

112:1436 *ne dient veir nient* O; *ne* (*nen* C) *dient voir nient* V⁷, V, C, P. Die Schreiber von V⁴ und L suchten den archaischen Gebrauch der Negation *nient* zu vermeiden und nahmen beide den gewöhnlichen Ausdruck „*dire verement,*" indem sie *nient* ausliessen: *nel dient veramant* V⁴; *se dient voiremant* L. Hofmann setzt mit Unrecht *veirement* in den Text.

Die Uebersetzungen scheinen manchmal mit den falschen Assonanzwörtern übereinzustimmen, wenn ihre Sprache nur 1 gewöhnlichen Ausdruck hat, wo die franz. Sprache deren 2 kennt:

39:508 *Ço dist li reis: E vos li ameneiz* O; *Dist algalifrio e vu ça lo mene* V⁴; *Langalif svaradhi: Far thú eptir honum, ef thú vilt* n¹¹; *Koret in here withere bringen* d R 2174. Aber: *Dist l augalie nos li amenerois* V⁷; V hat im 2ten Hemist. *vos le humelierois.* Der Imper. in n, d R kann nicht *ameneiz* in O, *meneiz* in V⁴ gegen das richtige *amenereiz* in V⁷ stützen; das Fut. ist im altfranz. sehr häufig gleich dem Imper. Ebenso wenig braucht „*So besich was ik*" in h V 618 der Lesart in β zu entsprechen: *sui trop* (*mlt* L) *enbesognez* V⁷, V, C, L (= O 107:1366). Vielmehr kann es sehr wohl die Uebersetzung von „*ai jo si grant bosoign*" in O oder „*eo sum in tal bexon*" in V[4] sein, vgl. *svá var mér títt.* n[25].

4. Wenn man bedenkt, wie leicht ein Schreiber sich der ähnlichen Namen in seinem vorliegenden Texte selbst, in andern ihm bekannten Redactionen desselben, in verwandten Sagen und Gedichten erinnern und von seinen Erinnerungen ganz unbewusst Gebrauch machen konnte, so wird man es begreiflich finden, dass zwei ganz verschiedene Hss. oft dieselben oder ähnliche Verwechslungen und Entstellungen in den Namen aufweisen:

103: 1304 *Astramariz* O, *estramatis* V[4], *Estormiz* V, *esmaris* C, *Estormaris* P, *estormarriz* L, *Stålmarîz* d R 4995, *Astromarijs* h V 482; aber *Estramant* V[7], *Estormant* n[24].

48: 611. *Tervagan* O, *Tervagant* d R 7049, 7142, *Terogants* n[12], *Tarvigant* V[7]; aber: *Trivigant* V, V[4].

79: 975 *val nigre* V[4], *Valnigre* n[20] ist = *Valneire*, in einer weibl. *ei*-Tirade. Aber: *Munigre* O, *Montnigre* V, *Mont Nigre* V[7]. Diese Zusammensetzung würde in ihrer franz. Form nur eine männliche Assonanz ergeben können: *Montneir*. Wahrscheinlich waren beide Bezeichnungen — *Valneire, Montneir* — den Schreibern geläufig und wurden mit einander verwechselt, wozu die latinisirte Form *nigre* beitrug, die allen Schreibern bekannt gewesen sein muss, ohne dass es deshalb nöthig, wenn auch wahrscheinlich ist, anzunehmen, dass diese Schreibung in dem gemeinsamen Original aller Hss. gestanden hat.

5: 63 *Balaguet* O, *Balagued* n[8]. Richtig ist wahrscheinlich *Balaguer* in V[7], V; vgl. *Balaguer* in V, V, n[19], *Balesguer* in V[7], *Balaguez* in O 73: 894.

144: 1891 *Bevon* O, *Buevon* L, P; aber *begon* V[4], *Bugon* V, *Begun* n[32] (Name eines christlichen Ritters); vgl. 139:1818 *Besgun* O, *begon* V[4], *Bovon* V[7], V (Name des Koches).

107: 1353 *Malun* O, = *Malsarun* (sonst wäre eine Silbe zu wenig im Vers), *Malsarón* d R 5562, *Massaron* n[25], *Mancheroene* h V 528; aber: *Falsiron* V[4], *Fauseron* V[7], V, C, L. Und doch ist dieser selbe *Falsaron*, wie er in O 95:1213 genannt wird, bereits (in der 95. Tir.) von Olivier getödtet worden.

105: 1325 *Chernuble* O, *Cornubla* V[4], *Cornuble* V[7], V, *Cornubles* P, *Gernublus* n[25], *Cornubiles* d R 5053; aber: *Corsuble* L, *Corsubles* C, *Cursabel* h V 518, vgl. das folgende Beispiel.

96: 1235 *Corsablix* O, *Corsabrins* V[4], V[7], V, C, L, *Corsaprins* P;

aber: *Kossables* n[23], *Cursable* d R 4371, *Corsabels* h H 163, *Courabel* h V 420.   Bei diesem Namen herrscht auch in v. 885 Verwirrung, wo er im 1. Hemist. steht.

5. Durch Erinnerung an einen andern Vers und Vermischung von ähnlichen Versen sind folgende Fälle von Combinations-Widersprüchen entstanden:

224: 3049—3050 *Suz ciel n'ad gent ki plus poissent en camp Richard li velz les guierat el camp* O; *Soto l cel no e çent tant pos durer in çamp Riçardo lo veio li guiara davant* V[4]; *Soubz ciel n a gent qui mielx souffre torment Ly duc richard les guie par devant* C; *Soz ciel n'a gent qui puissent tant d'ahans Richars li Viex les guiera en champ* P.

Die ursprüngl. Lesart ist am Ende von v. 3049 *en camp* (O, V[4], P), von v. 3050 *devant* (V[4], C).   O versah sich bei v. 3050 und nahm aus v. 3049 *el camp* statt des ursprünglichen *devant*.   P fügte zu dem urspr. *tant* das erklärende *d'ahans*, wodurch *en camp* für den v. 3049 überflüssig wurde, verwandte aber das hier sehr gut passende *en camp* für v. 3050.

89: 1113 *amig tre vos in ça* V[4], *Amis traiez vos za* V geben die richtige Lesart, die auch O an anderer Stelle hat (*Ça vus traiez, ami* v. 2131).   Aber die Lesarten in O: „*amis ne l' dire ja,*" in V[4]: „*e vos nel direz ja,*" in P: „*mais ne le dire ia*" sind eine Reminiscenz von v. 1106 (*Ne dites tel ultrage* O, *no dites tel oltraçe* V[4], *ne dire tel outrage* V) in der vorhergehenden Paralleltirade, wodurch die Aenderung von *ça* in *ja* nothwendig wurde.

84: 1052 *Si l'orrat Carles, si returnerat l'ost* O; *ok mun Karlamagnús konungr heyra ok snúa aptr her sínum* n[21].   Aber: *Si l oira çarles che est passe al port* V[4]; *Karles l osra qi est passant al pors* V[7].   Diese Uebereinstimmung von V[4] und V[7] ist entstanden durch Vermischung mit v. 1071 (*Si l' orrat Carles ki est as porz passant*).   Die spätern Schreiber scheinen die echt-epische dreimalige Wiederholung der Aufforderung, das Horn zu blasen, nicht mehr verstanden zu haben; sie haben daher grade an dieser Stelle (Tir. 84—86) durch Auslassungen und Zusammenziehungen die Ueberlieferung bedeutend gefälscht.

179: 2412 *Deus, dist li reis, tant me pois esmaer* O; *De toutes pars me puis mult esmaier* P, L; aber: *Deus dist li rois cum eo pos inraçer* V[4]; *Dieu dist le roy com or puis esrager* C.   Dem entspricht aber auch ein anderer Vers in P und L (der zweite nach dem erwähnten): *Hé, Dex! dist Karles comme pos enraigier* P; *Las moi dolant bien me puis enragier* L. Hier lägen vielleicht zwei Verse des Originals vor, die bei ihrem ähnlichen Inhalt die Verwirrung in der Ueberlieferung verursacht haben könnten.

235: 3195 *Francs* O = P, C; *combatant* V⁴, V⁷ rührt von Verwechslung mit v. 3188 her, wo V⁷ fehlt. Uebrigens kann dieser Fall auch zur zweiten Classe gerechnet werden, da *combatant* nach dem Zusammenhange ein Synonym von *Franc* ist.

Eine völlige Verwirrung herrscht in der Ueberlieferung in der achtzigsten Tir., v. 994: *sarazineis* O, *Saracis* V, *sarrasinois* C, aber: *saragoçes* V⁴, *Sarragoceis* V⁷; v. 996: *sarraguzeis* O, *sarragoceys* C, *sarragoce* h B, aber: *saracenes* V⁴, *sarracineis* V⁷, *constantins* V.

6. Es boten sich den Schreibern zweier verschiedener Recensionen leicht dieselben Flickwörter zur Ausfüllung eines Gedankens:

259: 3499 *E Canabeus vostre frere est ocis* O; *Et Canabart, vostre frere, ont ocis* P; *E vostro frere chanables e mort altresi* V⁴; *Et Canabex vostre frere autresi* V. V⁴ wendet hier das Flickwort an, weil es *mort* für *ocis* gebraucht und doch ein Reimwort nöthig hat, — V, weil *ocis* wegen des vorhergehenden *Perdut avez* (v. 3498) überflüssig ist, aber doch ein Wort zur Ausfüllung des Verses und auch zum Reime erfordert wird.

70: 861 *Sur un mulet od un baston tuchant* (= schwingend, schlagend) O; *Sor une mulle d un bastoncel tochant* V⁷, C. Aber: *Sor un mulet un baston en sa mant* V; *Fuorte einen staf an there hant* d R 3541; *Ende brachte in sijnder hant Eenen stoc seer rikelijc, vol hooverde, Als een die vechtens begheerde* h V 30—31. Dem Sinne nach ist das Verb *tuchant* in der Lesart von h, d (*brachte, fuorte*) enthalten; der Schreiber von V verstand, wie es scheint, nicht mehr die alterthümliche Bedeutung von *tuchant* und liess es ganz weg, indem er den Vers mit dem selbstverständlichen *en sa mant* (= *man, main*) ausfüllte. Der Schreiber von V⁴ verstand auch nicht mehr den Sinn von *tuchant*, beseitigte es aber auf andere Weise: *Sor une mulle eoit un baston blant.*

170: 2264 *E Durendal s'espée en l'altre main* O; *main* ist falsch in einer *e* (= *e* in Pos.)-Tir., cf. Abhandl. an-, en-Ass. *E durindal sa spee in l altre maine* V⁴; diese Hs. hat, mit Ausnahme von einem Verse, nur weibl. Assonanzen in Tir. 170. *Durendale hadde hi in sijn hant Eñ oec den Olifant.* h L 288—9 (= O 2263—4). „*in sijn hant,*" das nicht einmal genau der Lesart in α (O, V⁴) entspricht, kann ein unabhängig gewähltes Flickwort in h L sein, wie „*in sijnder hant*" in h V bei v. 861 in O, vgl. das vorhergehende Beispiel. In *β* ist ein solcher unnöthiger Zusatz nicht vorhanden: *Et Durendal dont maint Turc ot malmis* V[7] V; *Prent (Prinst* P, L) *durandal et le bon olifant* C, P, L. — P, C lassen den zweiten Theil des v. 2263 (*Prist l'olifan, que reproce n'en ait* O, *Tint l olifant che reproçe non sie* V[4]) auf v. 2264 als einen ganzen Vers folgen: *Que reproche n'en ait dorenavant* C; *Que reprouvier n'en aient si parant* P. Da P, C einen Reim auf *ant* anwenden, konnten sie allerdings *main* in dieser Gestalt nicht brauchen, hätten es aber, wie V bei v. 861, in der entstellten Form *mant* anwenden können. Die Ueberlieferung stützt alle Wörter in v. 2263 und von v. 2264 *E Durendal;* also scheint noch ein zweiter Vers im Original existirt zu haben, aber es ist sehr unklar, was man in die Ass. des Verses und überhaupt in das zweite Hemistich setzen muss. n erwähnt nichts von beiden Versen. Dieser eine immerhin zweifelhafte Fall kann ebenso wenig eine Abhängigkeit der Redaction h von *α*, als der eine Fall in 861 die Abhängigkeit derselben von *β* beweisen.

7. Was die gemeinsamen Fehler in der Orthographie und Flexion betrifft, so spielt hier der blosse Zufall:

187: 2549 *vint* statt *vient*, in O, C.

202: 2795 *Li reis Marsilie le poign destre i perdit* O; die Ass. verlangt *perdiet*. *Li roi Marsilio li pung destro perder* V[4]; *Le destre bras Marsille i perdi ier* P. Von den Schreibern wurde die alte Perfectbildung auf *iet* nicht mehr verstanden; P setzt die regelmässige Perfectform *perdi, perdit = perdivit* statt *perdidit* innerhalb des Verses und fügte *ier* hinzu, um einen Reim zu den vorhergehenden Versen zu bekommen. V[4] liess das Wort an seiner Stelle und bewerkstelligte den Reim durch gewaltsame Entstellung. Der Schreiber von O setzte einfach die regelmässige Form ein; jedoch dass er wirklich die Form auf *iet* gekannt oder wenigstens in seiner Vorlage gesehn hat, geht daraus hervor, dass er die alte Form v. 98: *abatied*, v. 1317: *abatiet* (v. 98 wahrscheinlich, v. 1317 sicher durch n gestützt, cf. *ie*-Ass.), v. 2411: *respundiet*, ohne zu ändern, stehn lässt.

190: 2593 *voltice* O = P, neben *voltie* V[4] = *voutie* C, einer Form, die durch das Reimbedürfniss geboten wurde.

Von diesen 7 Classen von scheinbaren Widersprüchen sind zwei andere Classen von Schwierigkeiten zu trennen:

1.(8.) Die Fälle, wo ein Assonanzwort sich in einer andern Redaction an der betreffenden Stelle befindet, aber in so verschiedenem Zusammenhange oder so verschiedener Bedeutung, dass es unmöglich als gestützt angesehen werden kann:

4:47 *Dist Blancandrins: Par ceste meie destre* O; *Dist Blançardins li proz e li senez Par me (mon) poing destre qe vos ici veez* V⁷, V. Aber: *Dist blançardin per questa mia teste* V⁴; *Ef svá er gert, thá legg ek höfudh mitt í vedh* n². Der Schwur in n ist ganz verschieden von dem in V⁴.

81:1024 *Gaine li fel oit faita la traisor* (= *traison*) V⁴; *Gueines li fel en a fait traisor* (= *traison*) V. Schon Hofmann und nach ihm Gautier corrigirte nach V⁴ den Vers in O: *Guenes le sout, li fel, li traitur.* — *Gueines l a feit je l (le scet ge le) tieng a (pour) traitor* V⁷, C. Ausser dass hier der ganze Ausdruck verschieden von dem in O ist, ist *traitor* in V⁷, C kein Fehler als Object-casus, während *traitur* in O als Subject-casus falsch ist. Die Entstellungen des ursprünglichen Ausdruckes sind dadurch veranlasst, dass alle den Reim *or* gebrauchen. In dem identischen Vers 844 haben O, V⁷, C *traisun, traisons, traison.*

210:2897 *par feid e par amur* O = C. Diese Redeweise ist richtig und analog der in v. 86 *par amur e par feid* (*per amor e per bez* V⁴). Hier hat V⁴ *a fe e a dolor*; P: *qui en avoit dolor.*

262:3541 *Brochent ad eit lor cevals laissent cure* (= *curre*) O. Diese Lesart ist kaum als gestützt zu betrachten durch V⁷, V: *Le cheval broche qu est de corre abrivez.* Das richtige Assonanzwort ergiebt sich aus der Combination V⁴, P:

Lassa lor redane ferament li çival sperone V⁴; *Laschent lor resnes lor chevaus esperonnent* P.

70:865 *Faites bataille e vencue alquant* V⁴; *Faites batailles si nai (s es) vencu alquant (esramant)* V⁷, V; *Avez fait batailles que veismes ne sce quant* C. Aber: *Faites batailles e vencues en champ* O. *Ende menighen strijd met u beghonnen Ende menighen camp met u ghewonnen* h V. 37–38. *Alquant* ist das ursprüngl. Assonanzwort. *Camp* in h V ist = *Kampf* und entspricht eher dem „*batailles.*‘‘

2.(9.) Die Fälle, wo eine falsche Assonanz als Wort durch die Ueberlieferung gestützt ist, aber, wie es sich erweist, nicht an das Ende des ursprünglichen Verses gehört:

68:831 *Dejuste lui li dux Neimes chevalchet* O; *Apres de lu li duc Naimes çivalça* V⁴; *Naimes i vint sanz nulle contenance* V⁷; *Naymes ly duc ly a dit sans doublance* C; *De derrier lui chevauche li dus*

Nayme V; *Herdhogi Nemes reidh hit naesta honum* n[17]. Sowohl *cheval-chet* als *Names, Naimes* sind gestützt, aber, wie V zeigt, war *cheval-chet* im Original innerhalb des Verses und *Names* am Ende; es ist eine weibl. *an*-Tirade.

141:1842 *li reis Charles* O; V', V*, C, P, L haben am Anfang des Verses *Karles, Charles.* Dagegen zeigen V, V⁴ *Charlemeine, K. el maine* am Ende des Verses. Dies giebt eine richtige Assonanz: *Charles magnes : an ·· e.*

141:1843 *sa blanche barbe* O. *Sa blance barbe* beginnt den Vers in V', V*, C, P, L. Aber V̇: *Désor sa broigne li luist sa bouche blanche;* V⁴ fehlt. *barbe* ist gestützt, aber gehört nicht in die Assonanz, da_ her: *sa barbe blanche: an ·· e.*

58:726 *Qu'il en France ert à sa capele ad Ais* O; *Qu il ert in frança ad asia o el stie (= o il sta)* V⁴; *Q il ert en France a Ais o il sta* V'; *Q il est en France a Ais où il esta* V. — *Ais = Aquis (ks = js)* ist hier eine falsche Assonanz (:*a*), da *a* mit erweichtem Guttur. im Rol. schon gleich *e* in Pos. lautet, cf. *e*-Ass. Es ist richtig in einer *e*-Tirade 276:3734, wo aber das Material nicht mehr zureicht. Die Ueberlieferung stützt *Ais* in v. 726, verweist es aber in die Mitte des Verses, während sie *esta, estat (=* lat. *stat,* cf. Diez Gramm. II³, 235) als Assonanzwort bietet.

23:310–1 *Se Deus ço dunet que jo de là repaire, Jo t'en muvrai un si grant contraire* O; *Ma s eo vivo el ve tornara a damauçe* V⁴; *Se g'en repaire tel (grant) domage (damage) i aurez* V', V; *ok veit trúa mín, ef ek kem aptr or thessarri ferdh, that er thin scadhi* n⁶. „*repaire*" (in weibl. *a*-Tir.) ist als Wort, aber nicht als Ass. gestützt; die Ueberlieferung weist es an das Ende des 1sten Hemist. eines Verses, den O zu zwei Versen erweitert hat; in der Assonanz stand *damage.*

204:2831–2 *Ço dist Marsilie: Sire reis amiralz, Terestutes ici rengnes. vos rendemas* (der Vers ist in der Hs. verderbt, cf. Anm. Müller) O; *Sire amire quite de spagna vos rant* V⁴; *Amiralt sire tote Espegne vos rent* V', V; *Admirant sire espagne vous commant* C; *Sire amiraus Espaingne vos presant* P. Durch Combination von V⁴, β erhält man die ursprüngl. Lesart: nur ein Vers mit *amiralz* innerhalb desselben (falsch in der Ass. in einer *an-, en*-Tir.) und *rent* am Ende. O allein hat erweitert; der zweite Vers hat die richtige Ass. bewahrt, da *e mas* nur ein Zusatz ist.

34:433 *Se ceste acorde ne vulez otrier* O (:*e = a*); *Se vu tut quel no vori otrier* V⁴; *Se ceste acorde otrier ni (ne) volez* V', V. Diese

Hss. zeigen die echte Assonanz, die sich wenigstens als Wort auch in α erhalten hat.

200:2758 *Il jut anuit sur cel(e) ewe de Sebre* (= *Iberum*) O, in weibl. *e*(= *a*)-Tir.; *Desur scibre l ost de frança alberçee* V⁴; *Desor le Sebre a sa gent aunee* V⁷, V. Wie die Combination V⁴, β zeigt, begann „*Desur le Sebre*" den Vers im Original, die Ass. war ein Part-Perf. auf *ee*.

200:2759 *Jo ai cunté n'i ad que VII liwes* O, in einer weibl. *e*(= *a*)-Tir.; *De qui a la no e ma sete legue contee* V⁴; *N a que cent (V) lieues la ou il (ele) est ostelee (jostee)* V⁷, V. Das Wort ist gestützt: *liwes, legue* = *lieues*, aber es gehört in das Innere des Verses, in dessen Assonanz ein Part. Perf. auf *ee* gestanden hat.

§ 4. *Ueber die Vergleichung der Sprache des Rolandsliedes mit der Sprache der ältern und einiger der jüngern französischen Gedichte.*

In der folgenden Abhandlung werde ich stets die sich aus den als echt erkannten Assonanzen des Oxf. Textes des Rolandsliedes ergebenden Resultate mit den Assonanzen, resp. Reimen folgender Gedichte vergleichen: des *Eulalialiedes* (Bartsch, Chrestomathie), des *St. Léger* (Ausg. G. Paris, Rom. I, 273 ff.), des *St. Alexis* (Ausg. G. Paris, 1872), des *Gormond* (Ausg. Scheler, 1876, Bruxelles), der *Chanson du voyage de Charlemagne à Jérus. et à Const.* (Ed. Koschwitz, Ueberlieferung und Sprache...., 1876, Heilbronn, und Studien II, 1 ff.), des *Philipe de Thaün* (Computus, Ed. Mall, 1873, Strassburg), und des *Benoit de Sainte More* (Fr. Settegast, 1876, Breslau). Ste. Eulalie, St. Léger und „La mort du roi Gormond" sind uns nur in einer Hs. erhalten und man kann daher nicht endgültig entscheiden, welche Assonanzen in diesen Gedichten echt, welche unecht sind. Die Passion kann gar nicht zur Vergleichung herbeigezogen werden, weil ihre Sprache, wie G. Paris (Rom. II, 295 ff.) nachgewiesen hat, eine Mischung von provenç. und franz. ist. *)

---

* Angenommen, dass die zahlreichen Aenderungen, die Lücking (Die ältesten franz. Mundarten S. 38—49) in den Assonanzen der Passion vorgenommen hat, um die provenç. Hülle zu entfernen, berechtigt nnd wahrscheinlich sind, so ist es ihm doch auch so noch nicht gelungen, alle Assonanzen auf franz. Assonanzen zurückzuführen und dadurch den Beweis zu liefern, dass die Passion ursprünglich ein franz. Gedicht gewesen ist. Unter den Assonanzen, wie er sie als der Originalsprache der Passion angehörig beibringt, sind mehrere, die dem Vocalismus der ältesten franz. Literaturperiode, wie er in den Assonanzen des Eul., Lég., Al., Rol. und Gorm. er-